LA QUEUE

DE ROBESPIERRE,

OU

LE RÈGNE

DES BAÏONNETTES.

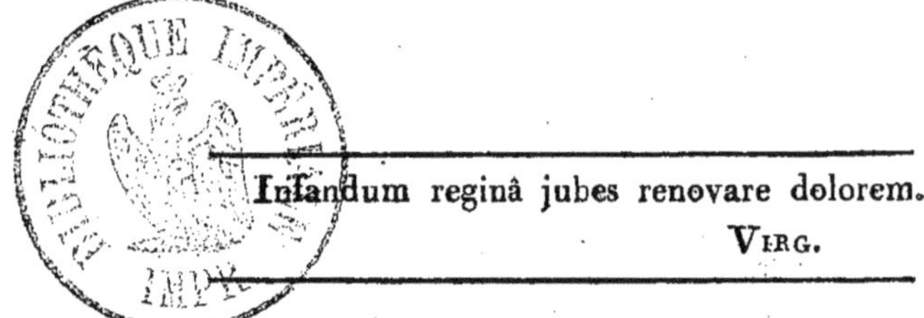

Infandum reginâ jubes renovare dolorem.

Virg.

À St.-Germain, de l'Imprimerie de Foirestier.

PARIS,

CHEZ LES MARCHANDS DE NOUVEAUTÉS.

AN 1815.

Les sentimens d'un bon Français à l'égard de Buonaparte.

Fléau des nations, tyran lâche et pervers,
De quel droit troubles-tu la paix de l'univers ?
Les Français, délivrés de ton joug despotique,
Recouvraient le bonheur sous un Roi pacifique :
On respirait enfin, nos ports étaient rouverts,
Nos navires couvraient la surface des mers ;
Des Princes généreux, des Princes légitimes,
Séchaient, par leurs bienfaits, les pleurs de tes victimes ;
Et Bellone laissant reposer nos guerriers,
Les myrtes de la paix s'unissaient aux lauriers !
  Oublié, méprisé, dans ton île déserté,
De la France en secret tu conjurais la perte,
Comme un serpent impur distillant les poisons,
Te fondant sur la fourbe et sur les trahisons !
Dans sa coupable erreur, une troupe enhardie,
Conduite par un chef monstre de perfidie,
Au mépris des sermens, au mépris de l'honneur,
Te ramène en nos murs ! Mais, barbare oppresseur,
De te revoir, dis-tu, la France est idolâtre ?
Ridicule imposteur, son sol fut le théâtre
Où ton bras homicide exerça sa fureur
Dont le seul souvenir nous fait frémir d'horreur.
  Le pouvoir des Bourbons était illégitime !
Que l'on reconnaît bien le langage du crime !

C'est un monstre qui parle, un monstre audacieux,
Qui se dit adoré, lorsqu'il est odieux.
Mais nous savons, Français, que cette bouche impure,
Aux traités les plus saints, aux sermens fut parjure.
Il revient, la discorde allume son flambeau,
Et son ambition lui creuse son tombeau !
Vil Corse, réponds-moi, que prétends-tu donc faire ?
Enlever nos enfans par ta loi sanguinaire !
Sous le poids des impôts, courber le citoyen,
Et d'une mère en pleurs ravir l'unique bien !
Dans tous les cœurs français, ta puissance est éteinte !
N'inspirant pas d'amour, n'inspirant plus de crainte,
Crois-tu, sous les dehors d'une feinte bonté,
Cacher ton naturel féroce et détesté ?
Avec toi le soupçon tint toujours lieu de crime,
Le plus grand des forfaits fut acte légitime.
Mais, pour te renverser, les généreux Césars
Forment leurs bataillons, déployent leurs étendards,
Ramènent les Bourbons au sein de la patrie
Qui par des scélérats fut un instant flétrie !
Sous tes pas, vil tyran, l'abîme va s'ouvrir,
Par la main du bourreau ton destin va finir.
Adorer les Bourbons, le sentiment l'impose ;
Sur le cœur des Français, leur couronne repose ;
Leurs enfans, leurs sujets, n'ont qu'une même voix
Pour dire que chacun trouve un père dans son Roi ;
Et pour un Souverain, c'est un bonheur suprême,
Quand il voit qu'en tous lieux, on le chérit, on l'aime,
Le lys triomphera, ton trône est abattu !
Dieu punit les méchans, protège la vertu !

TITUS ET NÉRON.

Entre les mains d'un seul la suprême puissance
Sert de frein au méchant, d'égide à l'innocence.
A l'ombre d'un pouvoir fondé sur l'équité,
Fleurissent le bonheur et la prospérité.
Le laboureur obtient les trésors de la terre,
L'aisance s'établit dans son humble chaumière.
Les Sujets d'un bon Roi ne sont que ses enfans,
Il possède leurs cœurs, connaît leurs sentimens,
Et règne par l'amour, les lois et la clémence!
Son peuple le chérit, voilà sa récompense.
Quand la mort de ses jours éteindra le flambeau,
Le regret général l'accompagne au tombeau.
Les yeux baignés de pleurs, on voit un peuple immense,
Entourer le cercueil dans un morne silence
Qui peint mieux que les cris et les gémissemens
Et leur vive douleur et leurs regrets touchans.
L'infortuné demande un appui tutélaire,
Le citoyen, son Roi, son bienfaiteur, son père!
Sur sa tombe on écrit : *D'un ami de la vérité,*
Chéri pour ses vertus et son humanité,
D'un Roi repose ici la dépouille mortelle ;
Il fut juste, il fut bon, sa gloire est immortelle.

Cruelle ambition! qui produisis la guerre,
Le plus grand des fléaux qui désolent la terre,
Tes feux pénètrent-ils le cœur d'un Souverain?

Pour cueillir des lauriers souillés de sang humain ,
Portant chez ses voisins le fer et le carnage ,
L'épouvante et l'effroi règnent sur son passage.
Les cris des assiégés , la fureur des soldats ,
Ces machines d'airain vomissant le trépas ,
Ces superbes cités que la flamme dévore....!
Ah ! quel affreux tableau vient éclairer l'aurore !
Là , le sol est jonché de cadavres sanglans ;
Ici , l'on aperçoit des blessés gémissans ,
La pâleur sur le front et rouvrant la paupière ,
Pour la dernière fois contempler la lumière.
Bientôt le monstre veut asservir l'univers.
Cruel dans le bonheur , lâche dans le revers ,
La fortune à ses vœux devient-elle contraire ?
Dès lors , pour affermir son pouvoir sanguinaire ,
Il épuise le fisc , égorge ses soldats !
Le destin a marqué l'heure de son trépas ;
Il en frémit d'horreur : la divine justice
A ses lâches forfaits égale son supplice ;
Sous le sceptre d'airain fléchit la liberté ,
Le tyran de soucis est sans cesse agité ;
Son œil est trouble et faux , son air sombre et farouche ,
L'enfer est dans son cœur , l'imposture en sa bouche.
Agité , déchiré , triste , morne , abattu ,
Il ne peut soutenir l'éclat de la vertu.
Il règne par terreur , séduit par artifice :
Lui croit-on un ami ? ce n'est que son complice.
Aux regrets du passé le présent vient s'unir ,
Ses yeux sont effrayés d'un terrible avenir ,
Son cœur est agité , et son âme inquiète
Croit toujours voir un glaive planer sur sa tête.

AUX

AUX FRANÇAIS.

Nous osons, quand d'un seul la passion, l'orgueil,
Enlève nos enfans et met la France en deuil;
En esclaves soumis, insensés que nous sommes,
Aux tigres couronnés, accorder le nom d'homme.
On nous ravit nos rois et notre liberté,
L'arbitraire succède aux lois de l'équité.
Qu'est devenu chez nous l'amour de la patrie?
Quoi! sa gloire à jamais serait-elle flétrie?
Le meilleur de nos rois mourut assassiné,
Et l'on respecterait un brigand couronné!
Vengeons tous par sa mort le sang d'un fils, d'un frère,
Sauvons la liberté de son joug sanguinaire;
Et que notre bon Roi, Louis le regretté,
Nous ramène la paix et la félicité.

LA QUEUE DE ROBESPIERRE,

OU

LE RÈGNE DES BAÏONNETTES.

L'HISTOIRE des nations ne nous offre point d'exemples de la révolution dont la France vient d'être le théâtre. Une armée égarée par des chefs vendus, secondée dans son aveuglement par des ennemis de l'ordre social, dont les noms seuls font horreur, ramène au milieu d'un grand peuple un brigand qui l'avait si long-tems opprimé ! Séduite par les promesses insidieuses des traîtres, cette armée refuse d'obéir à son Roi, se révolte contre la nation qui repoussait de son sein un monstre qui avait dévoré ses générations et ses trésors, et replace les français sous le glaive du despotisme.

Buonaparte, l'infracteur de tous les traités, l'artisan des malheurs du monde, fidèle à son système d'imposture et de forfanterie, se dit rappelé par le vœu de ces mêmes français qui l'avaient proscrit, et annonce la prochaine arrivée de cette auguste et infortunée Princesse, sacrifiée au repos de l'Empire germanique. Ce corse, dont la présence odieuse attirait sur la France les guerres civiles et étrangères, promettait d'observer les conditions du traité de Paris, de respecter les limites que la nature semble avoir pris plaisir à marquer. Son cœur paternel espérait que la paix de l'univers ne serait pas troublée ! Les adulateurs, vils esclaves du tyran avec lequel ils avaient partagé les dépouilles sanglantes de la

France, unis à Buonoparte par l'intérêt et les crimes, l'appelaient le sauveur de la patrie. Dans leur bouche parjure les mots changeaient d'acception : l'esclavage se nommait liberté; la perfidie, honneur français; une usurpation à main armée, une marche triomphale. Des hommes qui avaient célébré le gouvernement de Louis XVIII, prodiguèrent un encens acheté au héros qui venait régénérer les français, faire revivre parmi eux la liberté avec le pouvoir des baïonnettes !

Cependant les Bourbons rappelés par le consentement libre et unanime du peuple au trône de leurs ancêtres, avaient été contraints, par une trahison insigne, à abandonner la capitale. C'est dans cette funeste catastrophe qui a séparé un père de ses enfans, que se manifestèrent l'amour et l'attachement à la personne de Princes augustes qui n'ont jamais respiré que pour notre bonheur et notre prospérité ! La majeure partie de la jeunesse française ne connaissait, avant l'heureuse révolution de 1814, les Bourbons que par les tableaux que l'histoire nous présente de leurs règnes. Quelle fut donc son ivresse en voyant dans la personne de Louis-le-Désiré, un Prince formé à l'école du malheur, éclairé des lumières de l'expérience, et qui ne regarde la couronne que comme le pouvoir de faire le bien ! Dès lors, des liens indissolubles se formèrent entre le Monarque et ses Sujets : la sécurité succédant à l'orage, suivie d'une paix glorieuse et du bienfait précieux d'une charte qui assure les droits du peuple en affermissant les bases du trône, fit envisager aux Français chez lesquels la voix de l'honneur se fait encore entendre, la maison des Bourbons comme la seule dynastie qui pût nous faire jouir des prérogatives d'une sage liberté, cimenter nos rapports d'amitié avec les Puissances étrangères, et assurer l'inviolabilité de nos personnes et de nos propriétés.

Selon le principe de Machiavel, sur lequel le cabinet de Napoléon établit toujours sa conduite, il fallait diviser pour régner. Afin de semer les craintes, les défiances, la discorde, les agens du despote prétendaient que la vente des domaines nationaux, légalisée par la charte constitutionnelle, devait être annullée; que la féodalité, les dîmes, étaient sur le point d'être rétablies. Aucune ordonnance du Roi, aucun acte de la part des ministres parlaient-ils même indirectement de ce système de réaction? la plus légère modification, une altération quelconque ont-elles été apportées à l'exécution de l'acte constitutionnel? Ces monstres, que l'incorrigible bonté des descendans de Henri IV avait dérobés au glaive des lois par le funeste pardon de leurs crimes, ajoutent que l'armée était privée de ses honneurs, de ses pensions, tandis que la plus forte partie des revenus de l'Etat était destinée à la solde des payemens arriérés. Ils pensaient fasciner les yeux du peuple, le berçaient de l'espoir de la paix, quand l'apparition de Buonaparte sur le sol français avait été le signal de la guerre! Mais les impostures grossières par lesquelles ils cherchaient à nous dérober ou même à altérer la vérité, étaient dévoilées par leurs feuilles mensongères, qui annonçaient l'insurrection du Midi, la fermeté héroïque des Bordelais, les nobles efforts de la Vendée, et les exploits de nos Princes.

» Cependant Napoléon Buonaparte, qui avait abdiqué contre
» le vœu de la nation dont il avait recueilli dans son départ
» pour l'île d'Elbe les bénédictions et les regrets, principa-
» lement dans plusieurs villes du Midi, où son effigie fut brûlée
» et sa voiture assaillie à coups de pierres, n'écoutant que son
» cœur et la voix des Français qui le rappelait, vient enfin de
» réaliser nos vœux. Appelé par sa naissance, ses rares talens
» militaires, sa clémence à nous gouverner, il nous délivre

du

» du joug despotique sous lequel ces Bourbons, qui nous
» étaient étrangers, nous faisaient languir. Toujours fidèle à
» ses sermens, notre auguste Empereur n'ayant en vue que
» la prospérité et la gloire de la nation qu'il a tant de fois
» conduite s'illustrer dans les sables brûlans de l'Egypte,
» l'Italie, la Prusse, l'Allemagne et les déserts glacés de la
» Russie, pour protéger les peuples et apprendre aux Sou-
» verains à commander en pères, s'est vu contraint, par le
» droit de la force (qu'il a toujours dédaigné), de nous lais-
» ser en proie aux horreurs du royalisme, déchirés par les
» prétentions injustes de la noblesse, et obligés de renoncer à
» ces idées libérales de meurtre, d'irreligion, de pillage,
» d'incendie, de discorde ! Mais la Providence qui a toujours
» veillé sur ses destinées, met un terme à nos malheurs :
» Napoléon reparaît, l'esclavage renaît, le crime retrouve
» son appui, la vertu son oppresseur, la Religion son per-
» sécuteur, et la France son tyran ! Le Souverain assemble
» les collèges électoraux ; des registres sont ouverts pour l'ac-
» ceptation de l'acte additionnel aux constitutions de l'Empire ;
» ils sont bientôt couverts : l'armée, qui jusqu'alors n'avait été
» que partie obéissante, devient corps délibérant par la pro-
» pagation des idées libérales ! Des députés choisis par le
» peuple, dont les noms rappèlent seuls les beaux jours de la
» révolution, sont chargés de protéger nos personnes et nos
» propriétés. Ier. juin 1815, jour mémorable dans les fastes
» de l'histoire, qui fus le témoin de cette célèbre assemblée
» du champ de mai, tu vis ce héros qui s'était jusques-là
» contenté modestement de la dictature, recevoir des mains
» de la nation la couronne qui lui fut accordée d'après les
» résultats des additions faites par ses ministres des votes ap-
» probatifs ! La Chambre des Députés s'assemble : l'Empereur,

» dans un discours laconique et plein d'énergie , lui trace la
» route qu'elle doit suivre , lui répète que le Souverain ne
» doit rendre la justice que lorsqu'elle s'accorde avec ses
» intérêts ; qu'un État monarchique est celui où le Prince a
» droit de vie et de mort sur tous ses sujets ; où toutes les
» fortunes ne sont que des dépendances du trésor impérial ;
» où l'honneur , l'équité , ne sont que des préjugés ; et il finit
» par les engager à perpétuer, comme par le passé , leur
» silence et leur soumission pour le bonheur des Français ! »
Telles étaient l'adulation , l'imposture , l'effronterie que res-
piraient les adresses faites au tyran , ainsi que les pamphlets
orduriers commandés par le gouvernement impérial.

Dans un moment où la France courbait la tête sous le
sceptre de fer , plusieurs citoyens , dont le patriotisme ano-
blissait les talens , firent entendre le langage de la vérité.
En attaquant le tigre couronné , M. le Comte de Kergorlay
déploya un courage et une énergie au-dessus de tout éloge.
Les motifs sur lesquels repose sa non-acceptation de l'acte
additionnel aux constitutions de l'empire , sont les seuls que
puisse admettre la raison , si cet acte n'était illégal dès le
principe. En effet , pour imposer des lois à un peuple , il
faut avoir été investi par la nation du pouvoir exécutif ,
duquel dérive le pouvoir législatif. En partant de ce principe ,
il me semble que nul français n'avait le droit de manifester
son opinion sur l'acte additionnel , comme émanant d'un
homme qui n'avait aucune puissance. Les raisons alléguées par
M. le Comte de Kergorlay , relatives aux votes de l'armée et à
l'article 67 de cet acte de démence et de despotisme , sont
l'expression du vœu et des sentimens de tout bon français.
La représentation théâtrale des collèges électoraux et du
champ de mai étant connue ; je la passerai sous silence.

Buonaparte qui s'efforçait de rendre nationale la guerre qui n'était dirigée que contre lui, résolut d'entraîner les français dans sa chute. Par son décret du 10 avril 1815, il met à la disposition du ministre de la guerre 204 bataillons de gardes nationaux. Ces nouvelles victimes de l'ambition furent choisies parmi les hommes de 20 à 40 ans. Cette mesure vexatoire s'exécute avec une inhumanité inouie ; les réclamations n'étaient point écoutées, et tel était l'enthousiasme que l'on supposait à ces infortunés, que pour leur abréger les fatigues du voyage, on les conduisait dans des charrettes à leur destination. Buonaparte dont l'ame noble et généreuse avait aboli la traite des noirs, autorisait ainsi le trafic des blancs. Ce commerce honteux se pratiquait par-tout, malgré le patriotisme qui nous animait. Aussi la fortune ne dispensant pas ses bienfaits à tous les mortels, les désertions étaient nombreuses ; les routes étaient couvertes de capotes, d'armes, de shakos ; les familles étaient en deuil, les proscriptions se succédaient dans une progression effrayante ; des fortifications présageaient aux habitans les horreurs de la guerre, et les propriétés étaient rasées par mesure de sûreté, pour conserver aux français le grand homme qui leur est si *cher !*

Chassés de tous les pays, les frères de Buonaparte étaient venus partager sa grandeur éphémère. Murat qui avait porté le trouble et la division dans l'Italie, après des batailles sanglantes et de nombreuses déroutes, avait cherché son salut dans la fuite, et Ferdinand avait recouvré ses États. L'armée française remarquant que tout annonçait la guerre, commençait à murmurer contre le corse dont les promesses insidieuses ne se réalisaient pas. La Vendée se soulevant, Napoléon jouissait d'un plaisir bien doux pour son cœur, celui d'armer les français contre leurs frères. Après avoir environné Paris de fortifications, harangué ses pairs et ses députés, recommandé à ses ministres de se conduire comme par le passé , Napoléon est parti pour l'armée le 13 juin. Les mouvemens faits par les Puissances alliées, ne laissent aucun doute sur le prochain commencement des hostilités. De la lutte qui va s'engager entre l'Europe entière et une poignée de rebelles, va résulter le sort d'une grande nation.

Un des bienfaits du gouvernement impérial était la liberté de la presse, accordée par décret du 24 mars. Cette question si importante par sa nature , sous le règne des Bourbons, avait été agitée et discutée, et l'on avait prévu les abus qui pouvaient résulter d'une liberté illimitée. Le grand Napoléon qui veut se conformer au génie et aux progrès du siècle , affranchit la presse des entraves qu'un gouvernement faible et ennemi des lumières y avait apportées. Cependant , comme plusieurs perturbateurs du repos public composaient et faisaient circuler des pamphlets incendiaires , où l'Empereur, ce Souverain si juste , si magnanime , était appelé tyran , qui cherchaient à éloigner les gardes nationaux de leur devoir , en les engageant à ne plus se faire massacrer pour priver Napoléon, assis sur les ruines de la France , de pouvoir dire , voilà mon ouvrage , il parut nécessaire d'opposer une digue à ce torrent dévastateur. Dans la séance du 15 juin , un membre présenta à la chambre (que les libellistes et les malveillans nommaient le comité de salut public), un projet de loi relatif aux délits de la presse , qui contient en substance ce qui suit : » Il est » permis à tout auteur de dire et essayer de prouver que l'Em- » pereur est un grand capitaine, que la nation l'a rappelé, que » l'estime publique repose sur les ministres de sa Majesté, » que les Bourbons n'ont aucun droit à la couronne de » France, et que la guerre entreprise par les alliés est une

guerre

» guerre sacrilège. Seront considérés comme séditieux les
» ouvrages contraires à ces principes, et leurs auteurs seront
» passibles des peines prononcées par le code pénal. De plus,
» les cris de *vive le Roi ! vivent les Bourbons !* étant le signe
» du désordre et de la révolte, les ennemis de l'ordre social
» qui les auront proférés, seront poursuivis devant les tri-
» bunaux. »

Dans la même séance, une mesure, tendant à assurer la tranquillité des citoyens, a été suggérée à M. Leguével par son amour pour la patrie. Tandis que les alliés s'avancent pour nous imposer le joug de l'esclavage, dans un moment, a dit l'orateur, où la France doit offrir un aspect imposant, il est tems de mettre un terme aux dissensions intestines. Je demande qu'il soit rendu une loi contre les brigands et assassins royaux de la Vendée ; que le séquestre soit apposé sur leurs biens, meubles et immeubles ; que les révoltés, leurs ascendans et descendans, soient mis hors la loi. Est-ce un tigre, est-ce un homme qui parle ? Le monstre aurait sans doute provoqué ensuite le rétablissement de la loi sur les suspects : mais l'assemblée entière manifesta sa profonde indignation, et l'orateur soudoyé par le gouvernement impérial, dut reconnaître que le mépris public poursuit en tous lieux les scélérats.

Tandis que les deux Chambres veillaient au salut de l'Empire, Buonaparte, impatient de voir couler le sang français, attaque, le seize juin, les armées alliées. Ses yeux étant fascinés par l'ambition, il abandonne à la fortune ce que le conseil pouvait lui enlever ; et n'écoutant que la voix de l'audace, il expose nos soldats aux dangers les plus éminens. Le 18, l'affaire s'engage près de Mont-St.-Jean. Après un feu très-vif, la mêlée devient sanglante : l'acharnement était égal de part et d'autre, lorsque des malveillans, venus exprès de

Gand (*) pour répandre l'alarme dans l'armée, prononcèrent un sauve qui peut auquel la canonnade et la fusillade ennemie donnèrent une certaine autorité. Une terreur panique s'empara du soldat; le héros du dix-neuvième siècle était sur le point d'être enveloppé, lorsque se rappelant que du salut du général dépend celui de l'armée, il revient à Paris réveiller l'enthousiasme par de nouvelles levées, de nouveaux subsides. Mais la France sans énergie, sans patriotisme, ne répond pas à l'appel que lui fait Napoléon. Alors, comme en 1814, commençant à s'apercevoir qu'il était le seul obstacle à la paix de monde, il abdique sa légitime usurpation en faveur de son bien-aimé fils. La Chambre des Représentans, celle des Pairs impériaux, jalouses de nous préserver des dangers qui nous menaçaient, nomment des ambassadeurs auprès des Souverains alliés, pour demander l'inviolabilité de l'espèce impériale, obtenir l'impunité des grands coupables, et persuader aux Monarques que les deux Chambres sont les interprètes du vœu national.

(*) *Bulletin officiel de la bataille de Mont-St.-Jean.*

FIN.